Alfred Grenz

Esels Spitzfindigkeiten

Bibliografische Information der Deutschen Nationalbibliothek
Die Deutsche Nationalbibliothek verzeichnet diese Publikation
in der Deutschen Nationalbibliografie; detaillierte bibliografische
Daten sind im Internet über http://dnb.d-nb.de abrufbar.

© 2014 Alfred Grenz
Umschlagdesign, Satz, Herstellung und Verlag:
BoD - Books on Demand
ISBN 978-3-7357-4634-4

Esel's

Spitzfindigkeiten

Ochs und Esel

Ochs und Esel werden oft gemeinsam genannt. Wie zum Beispiel: Selig sind die friedfertigen Grasfresser Ochs und Esel, denn das Erdreich gehört ihnen. Das Rind, egal ob weiblich oder männlich ist im Rang immer höher als der Esel. Gemeinsam zwar, aber doch unterschiedlich, werden sie genannt in dem Begriff: Hebammen und Wegfinder. An einem Wegespitz angelangt, wählt der Esel fast immer die richtige Seite. Mit Arbeiter-Hammer und Bauern-Sichel wurden sie von den Bolschewisten in verkehrter Reihenfolge benannt und damit zum Scheitern verurteilt. Bei der Vertreibung aus dem Paradies wird der Esel allein genannt: Die Schlange wird ihn in die Ferse beißen, er aber wird ihr den Kopf zertreten. Dieses Wort wird von einer Minderheit für eine Prophezeihung auf Jesus verstanden. Die Lutherbibel bleibt hier ziemlich undeutlich.

Die Schlange

Verständlich wird es aber, wenn man für das deutsche Wort Schlange, das englische Wort Snake einsetzt, welches ja Schlange bedeutet. Also an der Peripherie klappern die abgestorbenen Glieder und in der Mitte ist das gefräßige Maul. Dann fällt einem sofort ein, wie Jesus relativ einsam, einer im Kontext befindlichen Machtstruktur gegenüberstand. Jesus hat drei weitere Namen: Esel, Kalb und Lamm.

Familienname Jesu

Isa, Eselchen, ist sein Familienname mütterlicherseits. Kalb, gemästetes Kalb, Rind, ist sein Familienname väterlicherseits. Und Lamm bekundet seine Herkunft von Joseph dem Ersten, Jakobs Lämmlein. Maria stammt aus Galiläa, ihr Stammvater ist Isaschar.

Isaschar erhielt von Jakob den Namen Esel.

Maria und Martha

Maria und Martha die beiden Freundinnen von Jesus, sind

zwei Eselinnen aus Galiläa. In ihrem Wesen aber waren sie unterschiedlich. Maria ähnelte mehr einer Kuh, sie war hübsch und schön, liebevoll und sanft, konnte lachen und weinen und hatte noch viele weibliche Eigenschaften. Martha war ganz Esel, sie war bereit Lasten zu tragen und mühte sich um Gerechtigkeit und Wahrheit. Davon hatte Jesus ja selbst reichlich. Schon als Zwölfjähriger und dann noch 18 Jahre Student und Professor bei seinem Vater in Damaskus. Was Jesus brauchte war die Liebe und

Streicheleinheiten von Maria. Er ward gleich wie ein anderer Mensch und an Gebärden als ein Mensch erfunden. Martha hat es nicht verdient, daß wir sie links liegenlassen. Nein ganz im Gegenteil. Die Augen schließen und blind glauben, das will die überwiegende Mehrheit. An den Erbarmer glauben, das Erbarmen erbitten und empfangen ist ja so süß. Aber Gnade und Erleuchtung empfangen und dann auch noch dafür einzugestehen, das kann bitter werden. Oft führt es sogar zum Tode. Zu Zeiten Adams und

Evas gab es schon viele Geschöpfe, welche gemeinsam die dicke Schlange bildeten.

Adam und Eva

Adam und Eva waren aber die ersten Menschen, die nicht mehr in geistiger Dunkelheit, unter der Macht der Schlange leben wollten. Sie wählten statt dessen die Freiheit und die Gedankenfreiheit. Auch wenn es beschwerlicher und manchmal etwas bitterer wurde. Die Schlange hat Jesus mehr als nur in die Ferse gebissen. Jesus hat ihr den Kopf zertreten. Das ist lange her. Die alte Schlange aber ist schon lange wieder da. Viele Christen, besonders die Adventisten glauben an die Wiederkunft Christi. Vielleicht war Christus bei den Manichäern und Katharern bereits wiedergekommen. Diese beiden Völker wurden aber von der römisch katholischen Kirche zu Millionen ausgerottet, ohne sich zur Wehr zu setzen.

Dreieiniger Gott

Die Christlichen Kirchen bekennen sich mehrheitlich zum dreieinigen Gott. So auch die lutherische Kirche. Bei den heutigen Erkenntnissen von der Größe des Weltalls, der Astrophysik und der Astrochemie, kann wohl kein Mensch behaupten, Gott den allmächtigen Schöpfer des Himmels und der Erde zu kennen. Die lutherische Kirche aber predigt einen lieben Gott, welcher die kleinen Sünden der Gläubigen einzeln bestraft. Es ist aber vielmehr so, daß jede Sünde seine spezielle Strafe automatisch nach sich zieht. Die Berichte über Jesus könnte man ja noch hinterfragen. Das wird aber nicht gerne gesehen. Kommen wir zum Heiligen Geist, den die Kirche als großen Unbekannten vermittelt. Warum tut die Kirche das? Tut sie es wider besseres Wissen oder weiß sie es nicht besser? Daß sie es nicht weiß, darf eigentlich nicht wahr sein; denn mit dem sogenannten „Hohen Lied der Liebe", hat Paulus der Kirche eine exakte Beschreibung des Heiligen Geistes hinterlassen. Wie der Mensch von neuem geboren werden kann, geht aus einem Gespräch zwischen Nikodemus und Jesus hervor.

Nikodemus der pharisäische Oberrabbi aus Samaria vertritt die auch heute noch am häufigsten vertretene Methode des Arschkriechens. Jesus der Oberrabbi aus Damaskus verneint das entschieden und sagt: Von neuem geboren werden kann man nur durch Liebe zu Gerechtigkeit und Wahrheit. Hierzu die Empfehlung des Heiligen Geistes: Wo mindestens Drei versammelt sind, welche sich nicht der Ungerechtigkeit, sondern vielmehr der Wahrheit erfreuen, da bin Ich mitten unter ihnen. Also nicht Wächter auf die Mauern stellen, die darüber wachen, daß die Leute den Mund halten. Richtig steht es beim himmlischen Jerusalem, daß Tag und Nacht kein Schweigen sei. Also,

1. Der Vater aus Damaskus.

2. Die Mutter aus Galiläa. Und

3. Jesus der Sohn von beiden (Ochs und Esel).

An 4. Stelle von Bedeutung für das Christentum steht Paulus.

Der verlorene Sohn

Das sogenannte Gleichnis vom Verlorenen Sohn, ist eigentlich eine Biographie des Stammes Benjamin. Und gleichzeitig eine Biographie von Saulus/Paulus. Dem Stamm Benjamin wurde von Josua Jericho zugeteilt. Damit gehörte er zu Juda, dem Südreich. Damit war er für das Nordreich verloren. Er war ja auch kein Grasfresser. Jakob hatte ihm den Namen Reißender Wolf gegeben. Joseph der Mann von Asnath und Vater des Landes Ägypten, wurde durch den Segen Jakobs in die Reihe der Glaubensväter eingereiht. Der Titel des ältesten Sohnes ging an Ephraim. Ephraim wurde vom Rang der ältere Bruder seines Onkels Benjamin. Das muß man verstehen, um die Biographie vom Verlorenen Sohn verstehen zu können. Durch die Bekehrung des Saulus zum Paulus, wurde aus dem Wolf ein liebevoller Schäferhund. Lea aber hatte durch die Segnung Judas eine zweite Vaterlinie geschaffen. Diese Geschichten können dazu dienen, Christliche Wurzeln von Jüdischen Wurzeln zu unterscheiden. Für das heutige Israel hat das keine Bedeutung. Es gibt nur noch ein Israel.

Hitler und die Nazies haben beim Holocaust keinen Unterschied zwischen den Stämmen gemacht. Gott ist der Erschaffer des Himmels und der Erde.

Der Teufel
Der Teufel kann nichts erschaffen er ist der Verderber. Dazu braucht er aber immer eine Schlange. Das heißt, er sucht und findet immer wieder Leute aus gutem Hause: Menschen ohne

Hörner und Pferdefüße. Menschen, welche nicht nach Pech und Schwefel riechen. Menschen mit guten Eigenschaften, wie z.B.: Intelligenz, Glaubensfähigkeit, Treue, Fähigkeit zum Befehlen. Diesen Menschen verschafft er Machtpositionen und Geld. Und als Gegenleistung bringen sie dann ihre Untergebenen zum Schweigen. Hörner und Pferdefüße sind eigentlich die Attribute von Ochs und Esel. Fleischfresser haben weder Hörner noch Pferdefüße. Die Gestalt des Teufels mit

Pferdefuß und Hörner ist eine Erfindung des Antichristen, und er wollte damit Jesus darstellen. Paul Gerhard dichtete von Jesus: Der das Lebensbrot geworden und ein Licht an dunklen Orten. Von den Ersten Christengemeinden steht geschrieben, sie brachen das Brot hin und her in den Häusern. Damit ist gemeint, sie erinnerten sich an Jesus, sie nahmen ihn quasi auseinander - am runden Tisch.

Abendmahl

Und wenn heutzutage eine Pastorin drei junge Mütter im Vorraum auf die Taufe ihrer Kinder warten läßt, weil sie in der Kirche gerade „Das Heilige Abendmahl" in Form von Eßpapier und roten Aldi-Saft verabreicht, da kann man doch nur noch den Kopf schütteln. Beim Brotbrechen der Christen am Runden Tisch, kann der Heilige Geist durch die Teilnehmer zu den Teilnehmern sprechen. Wenn man aber die Gläubigen zum Schweigen bringt, bringt man gleichzeitig den Heiligen Geist zum Schweigen. Dafür ist aber doch das Wort Gottesdienst eigentlich unangebracht. Paul Schütz, der ehemalige Hauptpastor von St. Nikolai, schrieb in seinem Buch „Das Mysterium der Geschichte": Der Herr der Welt, ist auch der Herr der frommen Welt.

13 geschlagen

Heute kann man zur Sache nicht mehr sagen: „Es ist 5 vor 12." Nein, es hat nämlich bereits 13 geschlagen. Es treten viele Gläubige aus der Kirche aus, weil sie den Glauben an die Kirche verloren haben. Und wenn die Bischöfin ihr Bedauern dazu öffentlich kund tut reicht das bei weitem nicht aus, um die Verlorenen wieder zu beleben und zurückzuholen. Da hilft wohl nur ein radikaler Kurswechsel: Also raus aus dem großen dicken Leib der Schlange. Überall Runde Tische für Jedermann einrichten und ehrlich die Suche nach Gerechtigkeit und Wahrheit beginnen. Da wird selbstverständlich im Kontext der Geistlichkeit ein großes

Gelächter erschallen über den dummen Esel, der so etwas empfieht. Ja natürlich, es wird so gut wie niemand den Einladungen folgen. Was in 1700 Jahren entwöhnt wurde, kann nicht in 17 Tagen wieder gut gemacht werden. Also, da kommt viel Arbeit auf Kindergärtner, Lehrer und Geistliche zu. Und bitte immer getreu nach dem Motto: „Sie suchet nicht das Ihre" Jesus sagte zu den Essener Juden in Joh.8, 44: Ihr seid von dem Vater dem Teufel, und nach eures Vaters Lust wollt ihr tun. Der selbige ist ein Mörder von Anfang, und ist nicht bestanden in der Wahrheit; denn die Wahrheit ist nicht in ihm. Wenn er die Lügen redet, so redet er von seinem Eigenen; denn er ist ein Lügner und ein Vater der selbigen. Die Essener Juden antworteten Jesus in Joh.8, 52: Nun erkennen wir, daß Du den Teufel hast. Abraham ist gestorben, und die Propheten; und Du sprichst: So Jemand mein Wort hält!, der wird den Tod nicht schmecken ewiglich! Diese Äußerungen Jesu brachten das Faß zum Überlaufen. Und es kam zum Todesurteil über Jesus. Es spielte sich ja auch im Hoheitsgebiet der Juden ab. Und so wurde Jesus nicht nur nach Jüdischem Recht als Teufel verurteilt, sondern dadurch, daß die Pharisäer sich dem Urteil der Juden anschlossen, wurde es auch noch demokratisch 2 : 1 gegen Jesus. Und die Juden denken auch heute noch nicht daran, jenes uralte Urteil zu revidieren.

Der Super-GAU

Das Bekenntnis der luth. Nordkirche und Hannoverschen

zu jüdischen Wurzeln ist
1.) nicht wahr und
2.) ein Super-GAU.
Und wenn Jemand die 10 Gebote
gleich zehnmal bräche, so bliebe
es im Vergleich zu diesem
Sünden-Supergau nur
Fleegenschiet.

Die Folgen

Die Regel aber, daß eine Sünde
seine spezifische Strafe
automatisch nach sich zieht, gilt
auch für supergroße Sünden. Der
Antijudaismus in den westlichen
Ländern wird weiter anwachsen.
Die Kirchenaustritte werden

weiter zunehmen. Und die Bischöfe werden weiter mit den Schultern zucken und sagen, wir wissen gar nicht woher das alles kommt. Also mit kurzen Worten: Diese maßlose Übertreibung der Arschkriecherei zum Judentum nützt Keinem und schadet Allen.

Zurück zu Paulus: Paulus ging von Tarsus ins Südreich und diente in Jerusalem den Juden. Heute würde man sagen 150%ig. Er ackerte die Geschichtsschreibung durch, versuchte Fehler in Theologie, Philosophie usw. zu korrigieren, redete mit den Römern. Er sprach mindestens vier Sprachen: Griechisch, Römisch, Aramäisch und Hebräisch. Darüber hinaus verfolgte er auch noch die Christen. Er machte das Alles unentgeltlich und aß immer sein eigenes Brot. Paulus erhielt dafür von den Juden nicht die geringste Anerkennung: kein Lob, keinen Orden, keinen Ministerposten.

Paulus
Dieses Alles gaben die Juden immer nur sich selbst. Da hatte Paulus irgendwann die Schnauze

voll und zwar für immer. Das muß man doch verstehen.

Er wandte sich von den Juden ab und ging zu den Christen nach Damaskus.

Und nach einer Weile weiter nach Rom.

Hatte Jesus vor, eine Kirche zu gründen? Das muß man wohl mit NEIN beantworten. Paulus hatte das aber von Anfang an vor.

Von alten Leuten hörte man: Es gibt die Apostel und es gibt den Apostel: Damit war Paulus gemeint. Durch Paulus ist von

Anfang an ein antijüdischer Touch in die Kirche gekommen. Man muß aber nicht glauben, daß Paulus die Juden töten oder gar ausrotten wollte.

In Ostpreußen haben viele Juden über dreihundert Jahre mit allen Bürgerrechten friedlich und glücklich gelebt.

Nach der Machtergreifung der NSDAP war es leider vorbei mit Frieden und Glück.

Es war wohl auch so, daß etliche Welfen, Paulaner und Benjaminiter mitgeholfen haben, Hitler an die Macht zu bringen. Das war ja aber vor dem Holocaust. Später ist diesen Leuten jedoch jede Macht aus den Händen geglitten. Die Hauptübeltäter aber wie Hitler, Göring, Goebbels, Eichmann usw., ließen sich zwar auch kirchlich trauen, taufen und behaupteten gläubige Christen zu sein; sie waren es aber ganz sicher nicht. Nach Kriegsende hat die röm. kath. Kirche noch einer Anzahl von Beteiligten zur Flucht nach Südamerika verholfen.

Grundsätzlich ist es aber leider so, daß Institutionen wie

Kirchen, Parteien, Großbetriebe, Regierungen, Diktaturen sowieso, etc., mit Heuchlern besser zurecht kommen als mit Eseln (wahrhaftige Streiter).

Die Pastoren, besonders auf dem Lande, haben viel Arbeit. Wo vorher drei waren, sind jetzt nur noch zwei. Das Wort Jesu in Math. 5,13, gilt zwar für alle Christen, ganz besonders wohl aber doch für Bischöfe: "Ihr seid das Salz der Erde. Wo nun das Salz dumm wird, womit soll man salzen? Es ist zu nichts hinfort nütze, denn daß man es hinausschütte und lasse es die Leute zertreten." <<

Auf der 1000 Jahrfeier des Augustinerordens: Schneider sieht Benedikt kommen, er läuft auf ihn zu und begrüßt ihn wie einen alten Freund. Er umarmt ihn und küßt ihn rechts und links. Danach hat Benedikt folgendes Liedchen gesungen: Der Schneider hat mir'n Busserl geben, hat mich schwer gekränkt, ja schwer gekränkt. Ich kann ihm gar nichts wiedergeben. Ich gebe ja nichts geschenkt.

Die luth. Kirche wird von der röm. kath. Kirche nicht anerkannt.

Bisher erschienenes Buch

Alfred Grenz

„Ochs und Esel"
Biographie einer Familie
und Glaubensgemeinschaft

Das Buch geht zurück bis zur
Gründung der Drostianer in
Pillau und der Gärtner in
Trebschen.
Es beschreibt das Leben von
Alfred und Erika, und ihrer
Familien, über Vertreibung und
Flucht bis zum Hinauswurf von
Alfred aus der Altonaer
Gebetsgemeinschaft, der
Nachfolge-Gemeinschaft der

Drostianer und Gärtner im Februar 1972.

Verlag: Book on Demand GmbH, Norderstedt

ISBN 3-8334-2162-2

Bisher erschienenes Buch

Alfred Grenz

„Mit dem Auge der Kuh"

Das Eine soll man tun und das Andere nicht lassen: Man soll die Bibel immerfort fleißig auslegen; eine Textänderung der Bibel aber nicht zulassen.

Die Bibel, das heißt, Altes und Neues Testament, sind im Licht der Sonne geschrieben worden. Es gibt aber einen Schlüssel, durch welchen das Licht des Mondes sichtbar wird.

Dieser Schlüssel heißt: Ochs und Esel"

Verlag: Book on Demand GmbH, Norderstedt

ISBN 978-3-8334-6939-8

Epilog:

Esel steht oft alleine da.

Aber meistens hat er am Ende recht.